NOS

João Guilhoto

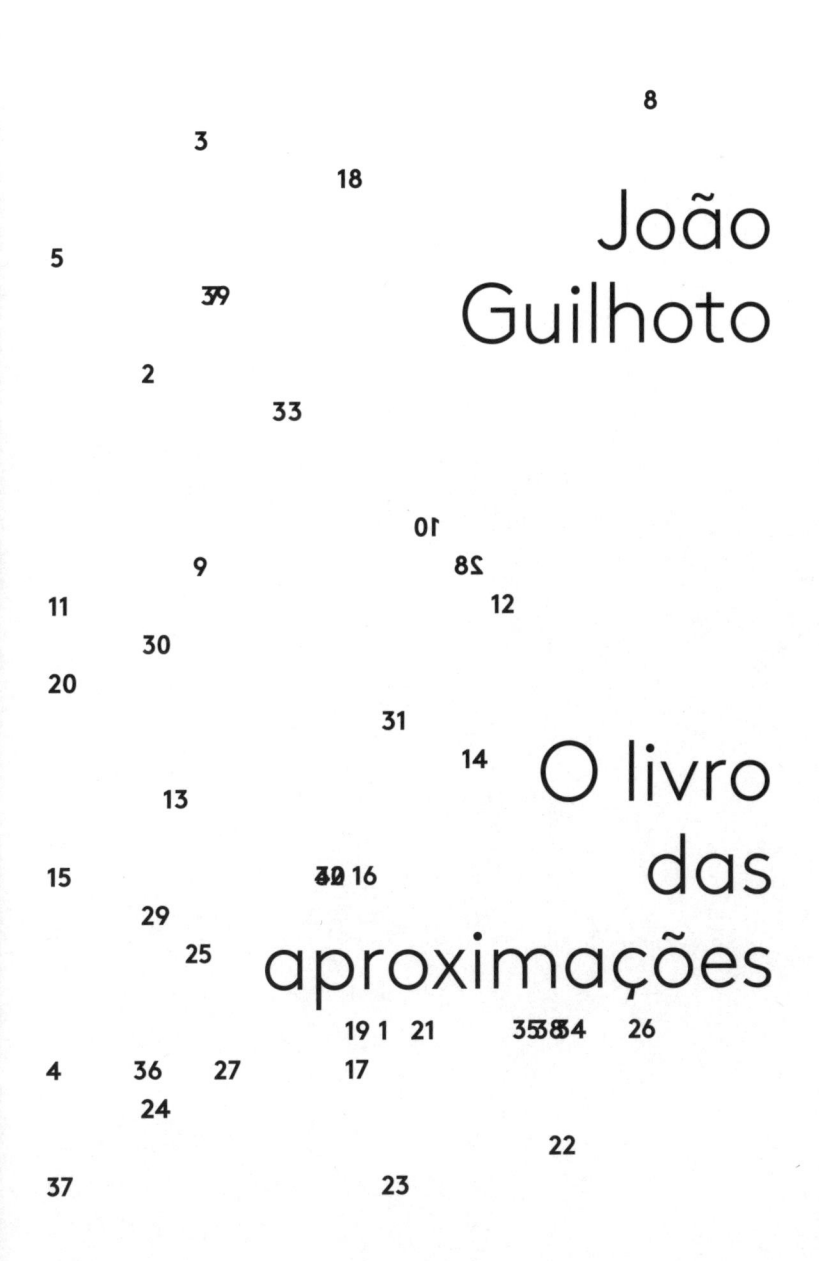

O livro das aproximações

She gave me a flower and her hand went away.
WILLIAM FAULKNER, The Sound and the Fury

1 Na aproximação ao objecto nada é claro. Sem poder distinguir o que é certo ou errado, sou obrigado, por uma simples incumbência humana, a descrever o que vejo. Tudo é, portanto, de uma precisa imprecisão. E mesmo sabendo da minha incapacidade biológica para decifrar segredos, estou ainda permitido a imaginá-los. Quase toda a vida se poderia resumir a isso: pouco mais do que uma aproximação.

2 Todas as páginas são infinitas. Representam a parte do infinito onde incide a luz: onde a mão do escritor actua. Nesse infinito de possibilidades, as minhas palavras são obtusas perante a máquina. A linguagem insere-se numa norma processada por computador, e a literatura divide-se por temas. É partilhada como se partilha uma fotografia engraçada ou um clipe de música nas intermitências do trabalho no escritório. Enquanto escrevo este texto apercebo-me da abismal profundidade da página. O programa de processamento de texto no qual redijo informa-me que escrevo na página seis de seis. E o número seis, apresentado dessa forma tão precisa, representa automaticamente o seu aprofundamento no infinito. Mesmo que escreva mais, a página aumenta sempre. Deverei investir na tentativa de redigir um livro infinito? Não podemos falar, obviamente, de aproximação ao infinito, pois cada passo para a frente ou para trás na matemática é uma forma de sair de um centro para outro centro. O espasmo é por isso grande perante esta enorme página branca que a máquina me confere: o meu rosto como o que Munch pintou, desgraçado pelo súbito reconhecimento de uma situação miserável. Daí, que pense talvez escrever seja apenas um mal necessário, algo a que me imponho fazer para poder continuar. Prossigo, no entanto, consciente desta ideia, talvez imaginada, da desilusão da escrita. Tudo se estende. A página estende-se. As aproximações não terminam.

3 Vejo linhas. Os edifícios à minha frente compõem um rectângulo enclaustrado entre o céu e o chão. É um rectângulo que se impõe. Ou sou eu que o imponho. Na cidade há música em todo o lado, música ocasional. Se não fecho os olhos é porque tenho medo. Posso ser surpreendido: então coloco as mãos sobre os ouvidos. Se todos os dias não me parecem iguais deve-se ao meu ensimesmamento em livros. Transformo-me em qualquer coisa e sou ao mesmo tempo nada. A cidade é um paradoxo concentrado num local de emoções opostas. É boa e má, feliz e infeliz, acolhedora e desconfortável. Vejo linhas, muitas linhas. E às vezes imagino o que haverá entre elas para além da cor, da massa. Serei eu também apenas uma linha? A cidade à minha frente é rápida, e também os meus pensamentos, obrigados a essa celeridade constante. No entanto, sinto que se for inútil posso ter acesso a um local especial fora da cidade e do seu rectângulo desenhado entre a terra e o céu. Além disso, a inutilidade é uma dádiva que me permite ainda assim sorrir para as coisas cruéis. A cidade ensina-nos. Por exemplo, neste momento um ruído - talvez um grito - interrompe o meu pensamento e a minha mão. Pouco reagi. Até sorri. Sou apenas uma testemunha do meu tempo e do espaço que ocupo e que é sempre o mesmo. Aprendi a apreciar esta incoerência, o paradoxo de viver no mundo construído para seres bípedes. Tenho um corpo que consegue ainda se manter. Nunca se entusiasmaram com o movimento da presença alheia? E nunca tiveram medo? Tudo o que vejo é um rectângulo, a forma que observo nos momentos salutares. Por vezes o rectângulo encolhe e transforma-se num círculo. É o círculo que me derruba. Fujo do círculo. Sim, nesse caso fujo.

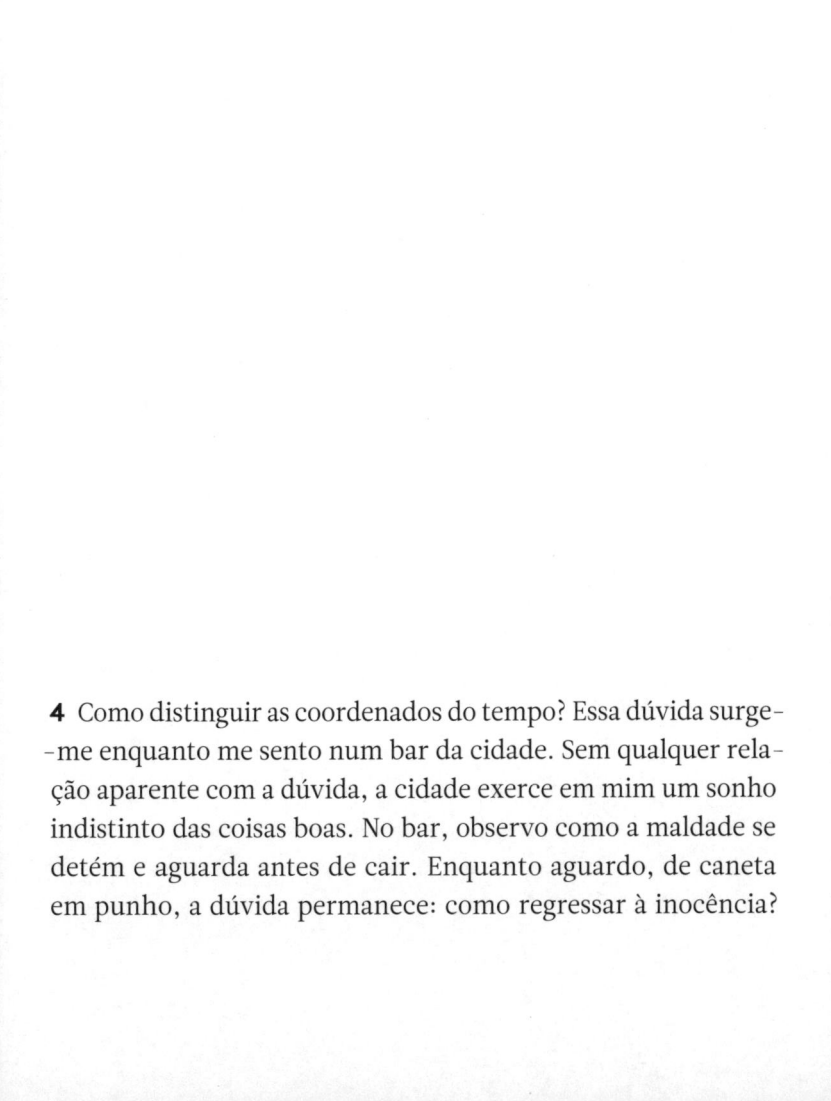

4 Como distinguir as coordenados do tempo? Essa dúvida surge-me enquanto me sento num bar da cidade. Sem qualquer relação aparente com a dúvida, a cidade exerce em mim um sonho indistinto das coisas boas. No bar, observo como a maldade se detém e aguarda antes de cair. Enquanto aguardo, de caneta em punho, a dúvida permanece: como regressar à inocência?

5 No bar, a sombra artificial dos objectos cai sobre toda a superfície visível. Como se o mundo não girasse em torno de si mesmo e à volta do sol. O vinho aquece o corpo já quente da atmosfera estival. Mas o calor do líquido espraia-se pelo corpo como a felicidade espalhando-se pelos humanos nos dias festivos. O copo também sorri quando está cheio. E o líquido que vive entre o vidro vê-se como uma silhueta sobre a mesa de carvalho polido. Envernizam-se os objectos do mundo para que nos esqueçamos que eles vêm da natureza. Esquecemos que existimos para querermos ser somente alguma coisa de significativo. Que sobre nós se escreva, ou se exagere. A lenda da subjectividade que cresce no interior dos humanos como uma chama tímida. A lenda que se desconhece e que nos falta. As sombras do bar também saem das extremidades humanas. Crescem a partir de pessoas que pensam e agem. Que agem e pensam. A individualização da existência em cada uma destas cabeças que ao mesmo tempo parecem marcado com números como se faz com o gado. Todas esperam o mesmo e, unidas pela espera, chegarão ao local que é para apenas alguns singularmente conhecido. Conhecer sem reconhecer. As sombras parecem indicar-nos a possibilidade de existir uma igualdade anímica a cada uma destas cabeças. Um corpo é apenas um corpo à luz das estrelas e dos candeeiros. Se desviarmos o olhar do objecto, observamos a cor escura que a todos se assemelha. Somos perseguidos pela luz de uma dimensão que nos é infalível e pela qual nos sentimos inquietos e diminutos. A sorte em estar vivo une os humanos pelo azar de morrer. E reúne toda a gente em torno de uma ansiedade. A impossibilidade em ser uma estrela.

6 Lá está ele: inclinado sobre o ridículo. E o que ele faz? Parece escrever. Mas não terá já idade para ter juízo? Qual é a idade do juízo, que idade será a mais indicada para surpreender a loucura com frases exactas? Ele está ali, como toda a gente o vê, inclinado sobre o ridículo, mas ele não sabe bem o que escreve. Ele quer ser apenas um homem que não sabe para onde se inclinar correctamente. E, por vezes, nota--se que faz insistentes tentativas de se normalizar. Cá fora, no corpo, nos membros, no desenho imperfeito que é ele. E ele continua inclinado sobre o abismo do ridículo. Quererá matar-se? Se quisesse matar-se, escreveria? Escrever é uma forma de dar por garantida a loucura sem enlouquecer. No entanto não deixa de ser ridículo escrever. Escrever assim como se fosse tudo o que se tem, como se nunca nada se tivesse tido. É esperançoso, talvez, pensar que o nome do homem se esconde atrás das letras, demasiadas letras importantes. A importância que damos a estas subtilezas, é também ela, ridícula. O que não será ridículo? Ideias, palavras, se estivermos para sempre fora do alcance dos olhares inquisidores dos nossos admiradores que nos julgam por sermos demasiado bons? Que perspicácia demolidora escrever atrocidades de beleza enquanto tudo o que sucede é apenas incoerente! Voltemos a focar-nos nele, que ainda está ali, inclinado sobre o ridículo. Não levanta os olhos. Gostaria de lhe ver os olhos. Mas estão demasiado desviados do mundo, talvez embriagados demais para conseguirem distinguir com clareza a forma das coisas. Talvez porque escrever possa servir para entortar as formas. O círculo transforma-se num quadrado, ou um hexágono transforma-se num círculo. Escrever é uma maneira discreta de ser ébrio. Olhemos antes para ele... que desespero. Está inclinado sobre o ridículo. Quer parar, mas não consegue. Talvez queira mesmo matar-se, mas morre aos poucos, como todos. Olhem bem para ele: é ridículo. E sabe que o é. E não para, ainda assim. Eu sim, vou parar agora. Mas voltarei: ligeiramente mais inclinado. Sim, bastante mais inclinado.

7 Antes de agarrar na caneta ou de exercitar os dedos normalmente sedosos por um teclado, começo a sentir uma dor no prazer da escrita. Quando começo, o início assemelha-se a um assombro que dirijo ao mundo. Inclino-me, talvez escondendo-me, para lançar a minha sombra sobre tudo o que não consigo observar claramente. Se fechar os olhos, então começo a desaparecer. Mas ainda não domino a proeza de escrever às escuras. Se calhar, seria melhor parar. Mas não paro. Não quero sucumbir. Afinal sou humano e interesso-me por complexidades. Sou também fraco e pequeno, e por isso sonho com a tentativa, de pelo menos durante alguns segundos, alinhar o meu olhar com o dos gigantes. Leio, também, demasiado, e estou assustado com a forma abrupta com que teria de interromper a vida se entretanto parasse. Deixem-me respirar um momento antes de continuar. Isto é difícil e ridículo. Ainda não arranjei maneira de estar sozinho e de me matar com letras. Seria engraçado: "Causa da morte: autoafogamento com a ajuda de Walser, Beckett e M. Tavares" - poderiam ser estes os cúmplices. "Morreu feliz, pelo menos", diriam os meus amigos antes de me esquecerem. Estou sentado, cruzo e descruzo as pernas - tento ser amigo das duas -, apoio o antebraço esquerdo na mesa e mexo a mão direita mais do que seria suposto. Já me doem os tendões e os músculos. Mesmo assim não me interrompo porque é difícil despedir-me disto. Já não sei o que mais fazer para desaparecer em paz. Quanto mais escrevo mais reparam em mim. Acho que vou parar agora, só um bocado.

8 Paremos para observar o que não somos, esta linha ligeiramente curva que se sustenta. Respiro. Ainda respiro e por quanto tempo mais? Respiro com a mesma intensidade de que me esqueço que existo. Mas esse esquecimento que se prolonga do meu medo de morrer, esse esquecimento que não quer ser esquecido e que vive por isso oculto nas palavras, esse esquecimento, ao mesmo tempo desprezado, é desejado: quando finalmente se esquece já não se sente falta. Já nada sobra quando se tem tudo. E, quando se tem tudo, não se tem nada. Aspiro a esse esquecimento. Como não aspirar a algo que me eternize para sempre no momento de ser nada? Absurdo! E não há forma de ver para além de mim e das coisas a que sou permitido ver. Como já não há Deus, como a imaginação está presa entre as paredes do que vive e do que se percepciona, como não há esperança, nem futuro, como todo o presente é uma sombra do passado, e as nossas acções uma consequência que tentamos justificar através de conceitos do que nos moldamos a ser, como nada parece ter importância, subo ao cume de uma montanha, que vejo da minha janela, de onde proclamo aquilo que tem de ser dito. E lá do alto a minha voz é o vento que sinto nos cabelos, e o meu corpo as ramadas de uma árvore antiga, e tenho terra até aos tornozelos. Tento escapar mas tenho raízes que se prolongam dos dedos. E no cima do monte onde falo, ninguém me ouve. Pensei que nas alturas a minha voz chegaria longe, mas é um zumbido imperceptível para quem vive distraído nos vales, enclaustrado entre os homens, debaixo da sombra do céu. E falo: é agora que falo: aquilo que não posso, a minha mortalidade, o desespero da leveza, a ausência de tudo, a respiração regular, o corpo ainda forte. Falo abertamente aqui do alto que desejo o silêncio de tudo isto: a eterna lucidez de coisa nenhuma!

9 Gostaria de escrever algo sobre a vida, mas tenho as mãos vazias. Ainda não vi o sangue alheio correr-me pelas mãos. Nunca matei um homem. Gostaria de me entregar novamente às palavras, mas algo se coloca debaixo de mim ou vejo-me de repente por cima de algo irreconhecível. Sento-me e sinto por baixo esse peso das palavras por dizer. Levanto-me para caminhar pelas ruas de uma cidade estrangeira. Escrevo palavras que podem apenas ser lidas por quem aprendeu uma língua falada em locais distantes daqui. Mas não sou nada. Tudo é calmo. Os edifícios são limpos e as pessoas serenas. Estou inquieto por demasiada serenidade. Nas palavras estranhas dos outros escuto a indiferença para comigo: uma morte súbita em mim, sentar-me num café vendo passar o tempo, deixando-me morrer aos poucos. E como escrever se não sou um mártir, se compactuo com a vida tenebrosa, se continuo a depender desta língua distante para me sentir coerente, oprimido porque gostaria de escrever algo sobre a vida, mas tenho as mãos desamparadas? Recuo, imaginando os corpos que vejo da sombra das palavras e dou-lhes um nome. E depois, mais nada: silêncio e a noite.

10 Talvez eu até nem seja. Concentremo-nos no Talvez. Isso deixa em aberto duas possibilidades: a de ser e a de não ser. Inclino-me mais para a primeira, apesar de a segunda ser bastante aliciante. Se eu, por acaso, não for, então também não posso deixar de ser. No entanto, sinto ser algo. Qualquer coisa me preenche, não sei bem o quê. Enfim, poderemos saber o que é: nomes para isso há muitos. Mas o que é? Palavras para se descreverem as coisas, mas afinal o que as coisas são? Envolvendo as coisas de silêncio, a língua movimenta-se porque o cérebro criou uma palavra: associou certas emoções que o objecto contemplado tem para o sujeito que o observa. E assim as coisas têm nomes. Mas são tantos nomes. Existirão ainda assim as coisas? E eu, que escrevo este texto, será que existo mesmo? Vejamos que quando eu desaparecer este texto mascarará a verdade do que eu tinha sido e, por isso é que o texto mente. Mas o texto é universal. O texto é sempre um produto da dúvida de não sabermos se somos mesmo existência ou não. Ou será o texto a expressão de que não somos nada? No entanto, também pode ser a expressão de que somos demais, e que temos em nós muitas coisas que pretendem existir. É por isso que todas as possibilidades de tudo poder ser e não ser aparecem em mim como dúvidas. Oh, mas não é permitido ter dúvidas. Tem de se acreditar. Eis o sinal de todos os tempos: acreditar. Mas em quê? Ouçamos os sábios. Qual deles, perguntemos? Qual deles deveremos ouvir? Ouço uma voz que me diz: os verdadeiros sábios falam o mesmo com palavras diferentes. Tento encontrar o fundo das palavras. Mas sou traído por mim mesmo. Não sei onde posso ir buscar a sabedoria. Devemos ler. Oh, sim. Como devemos entregarmo-nos aos livros, ainda para mais agora, quando a leitura é algo que se ensina nas escolas para que um dia possamos ler os rótulos dos produtos. A curiosidade do ser humano não me parece linear. Há um momento em que de repente já estamos a olhar para lá das coisas. E perguntam-me: mas afinal porque olhas tu através das paredes? Respiro fundo, respondo talvez assim (e assim regressa o Talvez): há sempre uma outra parede. O olhar é uma função que se treina com o intuito de se fortalecer, mas nunca chegaremos a ver. A visão não existe. Mas como? Como não existe visão? Vais-me dizer que eles, esses sábios, não viram? Claro que viram. Eles ultrapassaram a última parede. Ou talvez não tenham passado da primeira.

11 Sou arrastado para fora dos sonhos. Leio, imagino e esqueço. Aquilo que retenho dos livros é um consumo. Meço-me com os grandes, mas convivo com os pequenos. A grandeza apresenta duas facetas que, quando misturadas em mim, me oferecem uma terceira: a mediania. Vou-me apagando. Valores mais fracos requerem a minha força. Subsiste em mim a desilusão de não continuar, e enquanto me lamento, abre-se no centro da névoa uma pequena esperança de regressar ao sonho. Vivo num continente corrompido pela tentativa de se unificar, mas o carácter humano não se altera: porque pensar nisso seria muito ingénuo: e as diferenças não podem ser forçadas a se comportarem como semelhanças. Observo tudo, arrastado para essa forma presa de liberdade, a vida adulta: as contas bancárias, os horários certos, a dificuldade em encarar as manhãs. À noite leio e, continuando a acreditar na brecha de luz no céu, sou obrigado, por imposições inexplicáveis, a calçar os sapatos e a caminhar para fora das palavras. Novos valores se levantam: todos os valores se toleram, nenhum valor realmente importa.

12 Podemos entrar e sair dos minutos de uma forma precisa. Todas as medidas do tempo são exactas e isso permite marcar encontros, organizar trabalhos e a vida prática, sem enganos. É claro que estamos interditos de entrar dentro do tempo, sentir a eternidade dos segundos, aliás, sentir que cada medida diferente é também a mesma. Seria fantástico não ter de fechar o tempo num sistema como este, limitado, mas ao mesmo tempo é delicioso poder, através das limitações do nosso tempo humanizado, ganhar uma consciência lúcida da sua vulnerabilidade infinita. Como me deleito com a nossa formalidade em relação ao tempo! Como me encanto com esse erro da criação que somos nós e tão perfeitos a criar erros! Ainda está para vir o grande romance do tempo, isto é, o livro infinito. Agora imaginem o que é poder dizer esta frase: hoje vou começar a ler o livro infinito às dez horas. Desde Pitágoras que, por vezes, nos temos apaixonado pelos números. Uma vez acho que cheguei a ver num cinco a sombra de Deus, projectada pela luz de uma espécie de inteligência.

13 Os meus passos são imprecisos. A cada movimento para a frente recuo. A cada passo para trás avanço. Tento depois inverter esta lógica, mas reparo que, enfim, também avançando, avanço e recuando, recuo. Nestes casos a imprecisão tem a ver com a moral atribuída aos meus passos: terei avançado bem, terei recuado mal? Com o corpo inclinado para trás questiono-me sempre se estarei a cometer um acto bom ou um acto mau, o correcto ou o incorrecto. Ao duvidar dos meus movimentos em demasia, sinto-me então aprisionado num centro de onde nunca saio. Cada passo é um engano e cada decisão arrependida. E como disse Riobaldo: "Qual é o caminho certo da gente? Nem para a frente nem para trás: só para cima. Ou parar curto quieto. Feito os bichos fazem".

14 A vibração é um movimento associado a uma fuga à solidão. Sentir essa vibração no bolso não nos deixa apenas felizes por sabermos que alguém chama por nós, mas acima de tudo trememos com a possibilidade de não ser ninguém, apenas um convite da operadora para aderir a algum serviço. Existem novos movimentos e sons que, por isso, nos fazem ter esperança na não solidão. E, por breves instantes, somos mesmo levados a acreditar que estamos acompanhados, quando as palavras de quem nos escreve nos soam cheias daquele interesse que temos em nos utilizarmos. Depois, o silêncio sempre sucede às palavras para nos informar dessa errância solitária. Seja como for, todas as atenções estão aí agora, concentradas no bolso. E os humanos têm novos movimentos para o mesmo medo de sempre.

15 Existe um ingrediente essencial para produzir solidão: procurar o outro, toda a gente, a multidão: rodear-se de gente. É como se quanto menor for o espaço, maior o número de almas, menos importância tem cada alma. Acredita: serias a pessoa mais importante do mundo se só existisses tu. A partilha obriga a dividires-te: o outro obriga a anulares parte de ti, a seres menos. Se não fores à luta na cidade não passarás de um corpo que ainda se move. Numa aldeia, por exemplo, mesmo se não fores o prefeito ou o padre, podes dar-te ao luxo de negligenciares mais os teus sonhos e de te misturares como convém a uma pequena comunidade. Serás mais com menos e menos com mais.

16 Quando um sorriso aparece inesperadamente vindo das profundezas do ser, achamos que estamos perante uma espécie de libertação. O sorriso espontâneo liberta disfarces do rosto e dos movimentos. Observa-se como se observa a casualidade do mar e das montanhas. Faz parte do Idílio, como um prado verde. Mas um sorriso deste tipo é a consequência de uma profunda transformação. O rosto irregular adopta uma feição que está no meio da normalidade. E a normalidade faz prever um tempo que passa inexprimível e rápido. O sorriso aparece e eis que o tempo parece parar. Pelo menos deixamos de sentir o ritmo do pulso suspendendo o abismo.

17 Se hoje tenho medo é por acreditar. Pois pensemos: é em ti que está o divino. Não o digo por seres especial, corpo finito. Pronuncio-o com a boca seca, pois sei que és, enfim, um como eu. Conheço, no entanto, a desilusão, pois tu não passarás de um sonho repetido como a ciência dos homens, esquecido como a sabedoria dos deuses.

18 Aproximo-me da paixão para me concentrar. O pensamento recai sobre uma coisa só. Parecemos distraídos, mas estamos concentrados. Existe um único objecto do desejo, apenas um interesse, que concentra todos os interesses. A paixão é também silenciosa quando nos distanciamos do desejo. O mistério que o envolve torna-o impossível de se tornar uma mera sombra da multiplicidade de desejos que podemos sentir. Todas as paixões são a mesma paixão. Uma aura escondida desloca-se para cima de certos objectos que nos despertam uma atenção maior. Estar apaixonado é estar atento. Todas as singularidades do objecto são assimiladas. Os sentidos concentram-se num ponto que tecemos com uma linha frágil. Durante a paixão, como estamos concentrados, e por vezes ansiosos, o tempo é sentido como um deus cruel. Ao mesmo tempo que desejamos que ele passe, queremos mantê-lo. Queremos manter este lado concêntrico, mas desejamos que ele termine. Para resolvermos os dois problemas contraditórios de uma só vez, tentamos possuir o objecto da paixão. Ao alcançá-lo deixamos de ver essa paixão para passarmos a ver o objecto. Assassina-se assim a paixão recorrendo ao pragmatismo lógico que a comandava. Ela acaba por morrer naturalmente. No entanto, se o objecto não chegar a ser possuído, o desejo de o ter concentra-nos cada vez mais, para começarmos de repente a sentir que essa atenção tem um valor único na nossa vida. É insubstituível e inalcançável. Desejamos, pois então, morrer. A morte torna-se assim uma consequência de não nos conseguirmos distrair. Tudo isto talvez seja inútil se nos apaixonarmos muitas vezes. Passa a existir uma perseguição da paixão, que se renova e se mantém ao longo da vida, enquanto não desistimos.

19 Todos os sentimentos são feitos da mesma substância. O embaraço e o medo alojam-se de repente entre a língua e a garganta. Aí, nessa zona concreta do corpo, alojam-se os sentimentos incómodos, as dores, os medos, a liberdade aprisionada dentro do circuito físico-químico. Como podem então haver pessoas especiais? O sentimento de amor, de medo, de paixão, de ódio materializa-se em cada corpo.

20 Toda esta infelicidade é feliz. O lamento prolonga-se das minhas mãos quando te acariciam os olhos. Descubro que as lágrimas estão secas. Na tua pele a terra é dura. As tuas pernas, por exemplo, são de pedra. E o teu cabelo deixou cair as últimas folhas do outono. Agora estamos a passar o inverno, e nem o meu sobretudo de feno te aquece. Mas como tudo isso é feliz. O teu corpo é afinal parte do mundo e se a tua dureza não me agrada, deveria eu escapar ou procurar a natureza junto ao mar, onde sempre esperam as ninfas por quem tem medo do inverno em terra, onde o corpo que morre é exposto às mãos de quem nos enterra. Se o teu corpo é duro não é ele que me rejeita, mas em mim é que sinto a dureza, por eu ser mole. Aguardo o fim do ano, na soleira da porta, observando-te deitada, enfiada na tua terra seca, sem sol. Lá fora as nuvens cobrem a cidade e o tempo não espera o fim do frio. Aguardamos juntos o passar dos sonhos, que desaparecem no vento, em direcção ao mar.

21 Na varanda uma vela. A luz ténue alaranjada ilumina o vidro, o mesmo vidro onde um dia observámos juntos a neve a cair sobre a igreja. O sino assinalava as doze horas e nós deitados olhando a janela, os braços enlaçados. Não conseguia distinguir os meus dos teus. Mas hoje à noite vi, cá de baixo, finalmente cá de baixo, a varanda iluminada com a nossa morte, essa vela, substituindo o que antes foi.

22 Deito-me assim que entro em casa. É a desilusão de ter desistido ou de sentir que estou quase a reconhecer que é prudente desistir. Deito-me e espero que o sol se mantenha, deste ou do outro lado do horizonte.

23 A minha esquizofrenia é falsa. Desmultiplico-me por me querer esconder atrás das palavras que me revelam. Não narro. Rescrevo o que sempre disse calando-me.

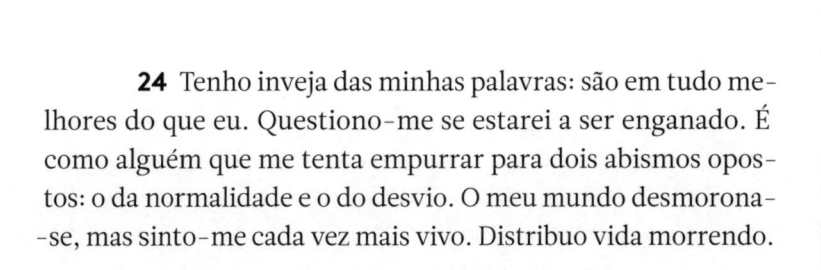

24 Tenho inveja das minhas palavras: são em tudo melhores do que eu. Questiono-me se estarei a ser enganado. É como alguém que me tenta empurrar para dois abismos opostos: o da normalidade e o do desvio. O meu mundo desmorona-se, mas sinto-me cada vez mais vivo. Distribuo vida morrendo.

25 Da água exijo sangue. Das palavras simples exijo mais temperamento. Do sonho exijo realidade. E como não tenho condições para realizar o que me proponho, escrevo e com isso digo que limpei as sujidades da alma, que abdiquei para viver moralmente, de inteligência simplificada, de insignificância intumescida. Estou sem capacidade para falar o que escrevo, para sentir o que amo, para amar o que não penso: a linha recta para Deus, como apanhar o avião sem escalas para as antípodas. E calo-me perante todos. Calo-me rodeado de palavras.

26 As coisas são metálicas e têm vida. Mexem-se, mas estão como mortas. Sentem-se com a frialdade do equipamento aproximando-se da pele. As coisas emitem sinais luminosos. Os símbolos são como lustres que criam sombras. Símbolos que dizem as horas e as direcções. Símbolos que marcam o espaço. As coisas são metálicas e luminosas, e nascem de ventres masculinos.

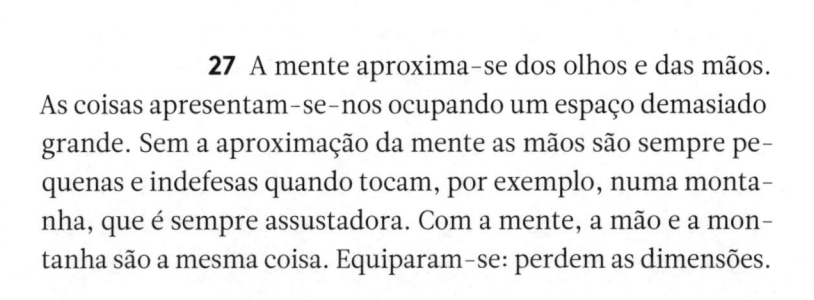

27 A mente aproxima-se dos olhos e das mãos. As coisas apresentam-se-nos ocupando um espaço demasiado grande. Sem a aproximação da mente as mãos são sempre pequenas e indefesas quando tocam, por exemplo, numa montanha, que é sempre assustadora. Com a mente, a mão e a montanha são a mesma coisa. Equiparam-se: perdem as dimensões.

28 O alcance do olhar é uma causa para a ilusão do alcance da mão. Sobe-se à montanha. O mundo a encolher. O céu a aproximar-se. Está mais frio. Também o olhar é mais frio. Lá em baixo existe uma aldeia. Pode estar a morrer alguém lá em baixo. Mas a aldeia permanece silenciosa. Poderia a planície estar a eliminar toda a gente, que cá em cima tudo permaneceria igual. O silêncio do vale perante o olhar. Alcanço pontos imóveis e iludo-me de que os posso tocar. A montanha protege-me enquanto lá em baixo crianças e adultos brincam com a neve. Nos vales brinca-se. Na montanha alcançamos os vales com a força de um tirano. Um tirano ocular que observa insignificâncias. A estrada lá em baixo é cansativa. A mesma estrada cá em cima é uma simples linha geométrica entre o polegar e o mindinho. Dedos e mãos. A mão maior que o vale. No horizonte, ondas verdejantes de árvores. O firmamento rumorejante da natureza a clamar silêncios que os homens não ouvem. E a aldeia com barulhos que na montanha não são, porque não se ouvem. Barulhos que o momento abafou. O momento é egoísta. Abafa tudo para si mesmo. Concentra tudo para depois largar. Talvez lá em baixo o padre pregando lendas e os homens sussurrando palavras que honram o desconhecido. Falam, riem, inventam, criam, relacionam-se, suspiram, afagam, procriam. Prolongam-se no infinito transmitindo o conhecimento indecifrável dos corpos. Homens movimentam homens que se deixam movimentar. O poder para uns. Para outros o conforto e a segurança. Também o luxo, o dinheiro, os banquetes, as honrarias, os bailes, os concertos, os livros, os filmes, os jornais, os programas televisivos. E o que resta da História permanece intocável como uma flor cuja beleza é intolerável. Uma flor laureada por uma força perigosa. Fecho os olhos e tudo continua igual ou muda-se apenas de atenção. Os olhos deixam de sentir. Ouve-se. Cheira-se. O vento faz esvoaçar os cabelos. As mãos estão frias. Os olhos a abrir novamente. Vê-se uma sombra sobre a aldeia. A sombra que não se pode alterar. Os humanos podem alterar pequenas coisas que queiram, mas ninguém pode alterar a sombra da montanha que invade a terra e lhe retira luz. Os olhos da montanha são agora os meus e a sua sombra o meu pensamento.

29 Viajo. É possível que todas as viagens sejam a última. Se viajamos para um destino caro, de difícil acesso, ou do qual voltamos com a sensação de que não iremos regressar, a clarividência da morte é forte e inconcebível, nos parece que temos de estar em constante movimento, ou, para aprender a viver sem essa dor, em constante esquecimento. Cada viagem é uma forma de pensar a morte. Na consciência do regresso pode ser que todas as sensações absurdas e trágicas da existência caiam sobre nós. Escrevemos, fotografamos, narramos aos nossos amigos essa aventura da qual regressámos mortos.

30 Sopro breve. Viajo como se o vento me empurrasse para um local inóspito, mas acabo sempre por encontrar a paz que me aborrece. O vazio apodera-se de mim insustentavelmente. A vida torna-se embaraçosa. Não há nada que possa dar em troca. Pessoas a quem rapidamente chamo de amigos cruzam-se comigo e sorriem demasiado. Damos um abraço na despedida, ou um beijo, e tudo permanece igual como o tempo. Tudo o que acontece desaparece do momento e permanece igual em mim mesmo. A vida desfragmenta-se e as memórias ocupam espaços que me preenchem inexplicáveis. Continuo a viajar, a trocar correspondência que desaparece imediatamente na volubilidade da rede. Os rostos tornam-se imagens paradas. As palavras parecem aquecer-me de uma forma inopinada. Nada se retém. Tudo flui. Como o meu corpo entregue à circunstância existencial de uma fuga temporária em nome da experiência. E o que acaba se repete irremediavelmente no silêncio do universo, ao mesmo tempo que morre o momento no silêncio do tempo.

31 As raparigas corriam ao lado do comboio. Não podiam ser mais rápidas. Nem sequer podiam equiparar-se à máquina, mas desejavam manter a sua própria dignidade deixando-se perder no adeus que lançavam. Enquanto corriam, sorriam. E mesmo que estivessem tristes por verem o comboio partir, continuavam sorrindo. E correndo. O comboio aumentava de velocidade e elas perdiam: o objecto humano separava os corpos uns dos outros a uma velocidade indiferente. Ao mesmo tempo, na corrida das raparigas ao lado do comboio, permanecia o que sobrava da salubridade da técnica: permaneciam as emoções correspondentes a todas as separações, exprimidas através de um movimento que podia ser o de qualquer animal correndo, acompanhando o deus que nos une e nos separa. Depois pararam, quando eu já não as via. Era essa a minha certeza: pararam e pararam para sempre.

32 No comboio, seguem impacientes. Chegar: o desejo do corpo que se desloca. Durante a viagem a paisagem altera-se. Veem-se coisas diferentes a cada segundo, mas ninguém desfruta da vista, pois estão impacientes. Quantos minutos nos separam do destino? Cada cidade é o destino, pois cada corpo é uma única humanidade. E em todas as cidades se morre. Estamos sentados e ensimesmados. Alguns conversam com companheiros de viagem. Todos impacientes pela chegada ao destino. Nesta curta viagem: a morte finalmente adiada: o tempo reprimido e nós ansiando pela cidade. É assim que sucedemos à vida, ansiando, impacientes, que a viagem termine.

33 Escrever: interromper continuando. A viagem prossegue: estou finalmente sozinho. Para trás ficaram as memórias de algo que desejei. O meu amigo N. deprimido, as suas mãos suadas de texto, tentando alcançar os copos de vinho. Agora, aqui sozinho, volto a escrever, lançando o seu corpo sobre a minha consciência, materializando-o em ideias. A mão é, contudo, traída. Tudo se parece a um sonho. Quando volto à realidade, reparo que as sombras das pessoas são mais baixas. O Sol brilha alto e quando o astro rei é mais importante, o humano anula-se por estar demasiado iluminado. A tentativa de recordar N. é também a proposta para uma nova aproximação ao passado. Tudo se vai perdendo aos poucos: cada peça de vestuário, a tinta, as folhas das árvores, pedaços de pele, células cerebrais, um pouco de saliva que fica na boca dos outros. Depois é escrever: interromper continuando. O meu corpo é um vazio que se preenche apenas de ideias. A mente não pode estar distraída. N. vai-se perdendo, entregue ao barulho, às ideias simples que levam os corpos para a cama. Ele lê Kant e Kittler, Kafka e Musil, mas deita-se com as mulheres dos manuais de beleza. E assim continuo escrevendo para que volte a mim a melancolia que perdi. Regressarei às palavras assombradas, aos sonhos não imaginados, à solidão, à ausência de mulheres, ao esconderijo, às ideias inúteis. Assim: escrever: interromper continuando.

34 Eu sou apenas isto: um viajante aproximando-se pelo tempo. Aproximo-me mais uma vez de uma porta que se abre para eu entrar. E agora entro e aí vejo o surpreendente: (apenas) a continuação da vida. Depois das experiências que ainda me permitem recordar, cheguei ao início de mais uma. Começarei a escrevê-la só para ficar com a sensação de que irei permanecer aqui.

35 Já não tenho pressa em chegar, chegarei com ou sem a ansiedade. Enquanto espero, posso sentir a viagem do tempo suavizada no vento, imortal na constância, finita no corpo. Sem pressa, aproximo-me dos pássaros, crescem-me umas asas de Simorgh e alcanço o tempo não como um deus, mas como não sendo. A consciência que é uma imaginação. A imaginação que é uma viagem.

36 Viver como uma dilatação momentânea. O corpo vem da terra, exibe-se e encolhe. Quando o corpo desaparece dizem que existimos, que andámos por aí. Mas as provas disso são fracas. É difícil argumentarem em prol da nossa existência. Se nunca chegaremos a existir, então que retiremos à vida a sua robustez: façamos da morte o único momento digno de termos vivido.

37 Preservo a efemeridade como se esse paradoxo me permitisse saltar de efémero em efémero procurando a eternidade. E, por isso, depois sou obrigado a agarrar na caneta para não me matar.

38 Antes do pedaço de terra: o corpo. Na sombra da lápide que se estende sobre a erva está depositado o que restava de algo que lembrou aos homens dos seus pecados. E, debaixo da terra, repousam na eternidade as ideias do sistema biológico que as segurava. Permanecem assim: tensas numa caixa de matéria: as ideias. Mas antes das ideias: o corpo. E depois, o peso de um pedaço de terra.

39 Tenho um projecto: trabalho para ser esquecido: alcançar o paradoxo do meu esquecimento atravessando as minhas palavras sem o menor embaraço ou tentativa culta de expressão. O meu esquecimento, ou melhor, o esquecimento de mim, é como um ideal político. E, como disse B. Soares: "Eu não sou pessimista, sou triste". Ao contrário de um mortal comum, eis uma das características que me define: a semelhança com o comum. Mas não se enganem: é apenas uma simples semelhança. A aproximação do olhar revela depois uma desilusão espelhada na loucura: a supremacia do fraco. Para a conquista do esquecimento de mim, existem sobretudo atitudes higiénicas a tomar: aproximar-me da Natureza, imaginá-la envolvendo-me, projectando a minha escrita na necessidade. Daí talvez ter falhado no estoicismo que, a ser puro, nem da escrita deveria depender. Mas não se pode escapar ao sol ardente no rosto quando se deseja a noite, pois existe uma obrigação biológica para com os acontecimentos. Não desejar, pois, a vida, mas o infinito. Reparo agora que o meu projecto está até no bom caminho. Para isso necessito ter consciência de um dado importante: perder a consciência da vida, imaginar-me nada importante. Para além disso, reconhecer-me como não possuidor de tempo, mas uma partícula ilegível do universo, como um ponteiro invisível de um relógio. O projecto segue o rumo natural: deixo-me arrastar pela vida, avaliando os desejos. Mas, por enquanto, ainda tenho olhos para ver que me observam.

40 Inclino-me sobre mim próprio e reparo: sou pequeno. É uma pequenez mesquinha, penso. Então prossigo, pois a coerência não está no centro das inquietações. Elaboro certos movimentos com a mão para que isto aconteça, e reparo: cada letra é um movimento de despedida, mesmo que me anuncie. A solidão são as palavras, aquelas que se utilizam para anunciar essa despedida. Evitar os pedidos: eis um desafio maior que o de desprezar os homens. Não tenho nada para lhes dizer, absolutamente nada. São tão ou mais pequenos que eu e tão ou mais absurdos, porque ainda assim me tenho a mim que é o mesmo que dizer que tenho todo o mundo.

© Editora NÓS, 2015
© João Guilhoto

Direção editorial SIMONE PAULINO
Projeto gráfico BLOCO GRÁFICO
Revisão FLÁVIA LAGO
Produção gráfica ALEXANDRE FONSECA

Dados Internacionais de Catalogação na Publicação (CIP)
(Câmara Brasileira do Livro, SP, Brasil)

Guilhoto, João
    O livro das aproximações: João Guilhoto
São Paulo: Editora Nós, 2015
88 pp.

ISBN 978-85-69020-04-2

1. Ficção portuguesa I. Título.
15-09017 / CDD-869.3

Índices para catálogo sistemático:
1. Ficção : Literatura portuguesa 869.3

Todos os direitos desta edição reservadas à Editora NÓS
Rua Doutor Francisco José Longo, 210 - cj. 153
Chácara Inglesa, São Paulo SP | CEP 04140-060
[55 11] 3567 3730 | www.editoranos.com.br

Fontes
BROWN, LEITURA
Papel
POLÉN SOFT 80 g/m²
Impressão
LOYOLA
Tiragem
2000